BERNARDO GUIMARÃES

A ESCRAVA ISAURA

adaptado por

GUAZZELLI
ARTE

IVAN JAF
ROTEIRO

A escrava Isaura
© Guazzelli, 2009
© Ivan Jaf, 2009

Gerente editorial	Claudia Morales
Editor	Fabricio Waltrick
Editor assistente	Emílio Satoshi Hamaya
Diagramadora	Thatiana Kalaes
Apoio de redação	Thompson Loiola
Coordenadora de revisão	Ivany Picasso Batista
Revisão	Camila Zanon, Fernanda Magalhães
Projeto gráfico	Juliana Vidigal, Thatiana Kalaes
Coordenadora de arte	Soraia Scarpa
Editoração eletrônica	Adriano Cantero

CIP-BRASIL. CATALOGAÇÃO NA FONTE
SINDICATO NACIONAL DOS EDITORES DE LIVROS, RJ

J22e
2.ed.

Jaf, Ivan, 1957-
    A escrava Isaura / roteiro de Ivan Jaf ; arte de Guazzelli / 2.ed. - São Paulo : Ática, 2012.
    72p. : principalmente : il. (Clássicos Brasileiros em HQ)

    Adaptação de: A escrava Isaura / Bernardo Guimarães
    Texto em quadrinhos
    Apêndice
    ISBN 978-85-08-15743-3

    1. Histórias em quadrinhos. 2. Romance brasileiro. I. Guimarães, Bernardo, 1825-1884. II. Título. III. Série.

10-0442   CDD: 741.5
                                                       CDU: 741.5

ISBN 978 85 08 15743-3 (aluno)
ISBN 978 85 08 12862-4 (professor)
Código da obra CL 737744
CAE: 268232

2023
2ª edição
10ª impressão
Impressão e acabamento: A.R. Fernandez

Todos os direitos reservados pela Editora Ática, 2010
Av. das Nações Unidas, 7221 - CEP 05425-902 - São Paulo, SP
Atendimento ao cliente: 4003-3061 - atendimento@aticascipione.com.br
www.aticascipione.com.br

IMPORTANTE: Ao comprar um livro, você remunera e reconhece o trabalho do autor e o de muitos outros profissionais envolvidos na produção editorial e na comercialização das obras: editores, revisores, diagramadores, ilustradores, gráficos, divulgadores, distribuidores, livreiros, entre outros. Ajude-nos a combater a cópia ilegal! Ela gera desemprego, prejudica a difusão da cultura e encarece os livros que você compra.

LIBERDADE, LIBERDADE

Isaura é educada por sua senhora como uma nobre dama do século XIX. Lê, escreve, costura, teve mestres de música, dança, desenho, italiano, francês... mas nasceu escrava, filha de uma mucama mulata com um feitor branco. É dona de uma beleza estonteante e de um caráter dócil, porém firme, que a fazem cair em desgraça.

Os sofrimentos da bela Isaura começam quando falece sua senhora, ficando submetida aos caprichos e à tirania de seu filho Leôncio, que intensifica sua crueldade na medida em que ela resiste aos seus avanços.

Bernardo Guimarães, na sua principal obra, nos apresenta uma mulher que luta não só pela liberdade de seu corpo mas também por poder escolher o homem a quem dar seu amor. De passagem, revela a sociedade escravista do Brasil no reinado de Dom Pedro II.

Isaura ganhou fama, e não apenas em Campos dos Goytacazes ou em Recife – lugares onde se passa a narrativa. A história da escrava de "bastas madeixas mais negras do que o ébano" e pele "mais alva que o marfim", publicada originalmente em 1875, arrebatou audiências de praticamente todas as idades e nacionalidades, na forma de romance, filme ou novela. Isaura merecia também esta HQ. E ao acompanharmos sua luta, quadro a quadro, nos vemos tomados pelo sentimento de justiça e pelo ideal de igualdade, mas também pelo deleite de estar vivenciando uma grande aventura.

Bônus: depois dos quadrinhos, você encontrará informações e curiosidades sobre a época em que a história se passa, além de um *making of* imperdível.

Campos dos Goytacazes, Rio de Janeiro. Primeiros anos do reinado de Dom Pedro II...

Recife, Pernambuco. Dois meses depois...

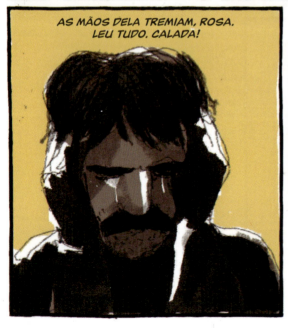

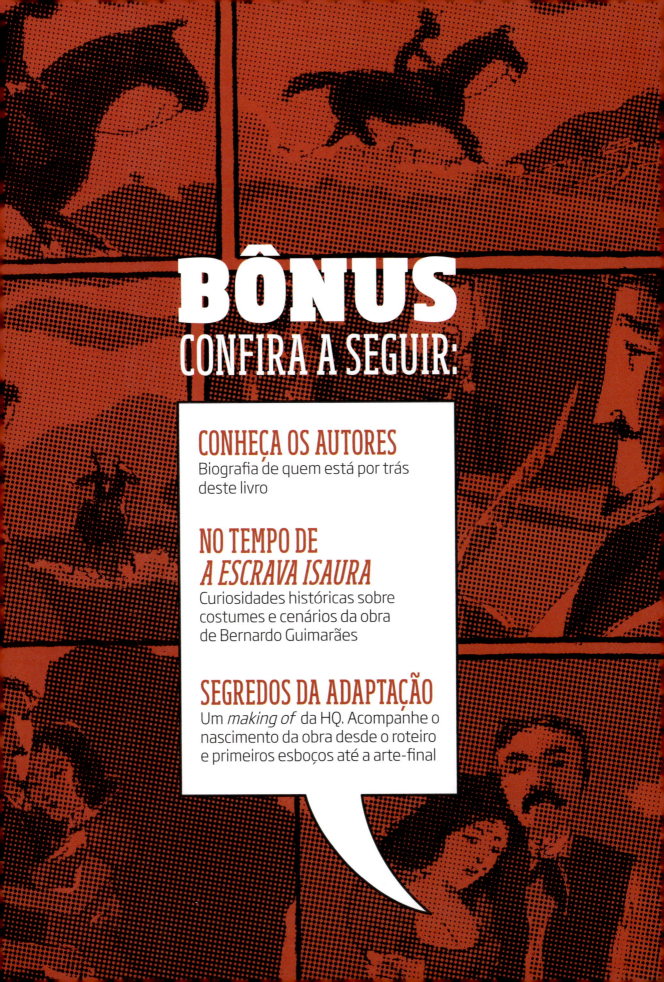

BÔNUS
CONFIRA A SEGUIR:

CONHEÇA OS AUTORES
Biografia de quem está por trás deste livro

NO TEMPO DE *A ESCRAVA ISAURA*
Curiosidades históricas sobre costumes e cenários da obra de Bernardo Guimarães

SEGREDOS DA ADAPTAÇÃO
Um *making of* da HQ. Acompanhe o nascimento da obra desde o roteiro e primeiros esboços até a arte-final

CONHEÇA OS AUTORES

Dois trabalhos são essenciais na criação de uma narrativa em quadrinhos, seja ela uma história original ou uma adaptação: o roteiro e a arte. Nesta HQ, a obra clássica inspirou o roteirista, que organizou a história em quadros; estes foram transformados em ilustrações pelo desenhista. Descubra a seguir um pouco mais sobre a vida de cada autor de *A escrava Isaura*.

BERNARDO GUIMARÃES, nascido em 1825, em Ouro Preto (MG), formou-se na Faculdade de Direito do Largo São Francisco, em São Paulo, tendo como colega e amigo inseparável o poeta romântico Álvares de Azevedo. Boêmio incorrigível, não foi um exemplo de aplicação nos estudos: reprovado após cinco anos de faculdade, passou apenas em "segunda época". Pouco depois, nomeado juiz em Catalão (GO), tomou a polêmica decisão de libertar autores de crimes menores, pelas condições ruins do presídio. Abolicionista, expressava na literatura seus pontos de vista revolucionários. A publicação de *A escrava Isaura* lhe trouxe muita fama, mas um de seus maiores orgulhos foi o encontro com Dom Pedro II, fã de Isaura, que o encarregou de escrever a história de Minas Gerais. Morreu em 1884, sem ver a Abolição.

Gaúcho radicado em São Paulo, **GUAZZELLI** é fã de quadrinhos desde cedo, por influência dos irmãos mais velhos, e passou de leitor a autor logo no começo da faculdade. Graduou-se em Educação Artística e Desenho pela Universidade Federal do Rio Grande do Sul e fez mestrado na Escola de Comunicação e Artes da Universidade de São Paulo. É quadrinista, professor de ilustração, ilustrador e diretor de arte para animações. Em mais de 25 anos de carreira, já ganhou prêmios em salões de humor e desenho e em festivais de cinema por algumas das suas dezenas de publicações, animações e curtas-metragens.

O carioca **IVAN JAF** é autor de mais de cinquenta livros, principalmente voltados para o público juvenil, várias peças teatrais e roteiros para o cinema. Como roteirista de HQs, começou sua carreira em 1979, na antiga editora Vecchi, criando histórias de terror em parceria com alguns dos mais consagrados desenhistas nacionais. Na década de 1990, com o renomado desenhista argentino Solano Lopes, publicou histórias de ficção científica e de terror na revista italiana *Skorpio*. Nesta coleção, também adaptou *O cortiço*, *O Guarani* e *Memórias de um sargento de milícias*, que vale a pena conhecer.

NO TEMPO DE
A ESCRAVA ISAURA

Na abertura da HQ, ficamos sabendo que a história de Isaura se passa nos "primeiros anos do reinado de Dom Pedro II", provavelmente entre 1840 e 1850. O cenário escolhido pelo autor é a região de Campos dos Goytacazes, no norte do estado do Rio de Janeiro. Alimentada pelo café e pela cana-de-açúcar, já naquela época Campos era uma cidade rica e influente, tendo desenvolvido uma aristocracia poderosa, com fortes raízes escravocratas.

CORAÇÕES CATIVOS

Na época em que foi publicado *A escrava Isaura* (1875), predominava o movimento literário chamado romantismo. Uma de suas características era a valorização das emoções, o sentimentalismo exagerado. Quando Isaura renega Leôncio, ele diz que seu amor ardente por ela o "levará à loucura ou ao suicídio". Outra característica que se destacava era a idealização da mulher. Álvaro se refere a Isaura como "Uma fada! Um anjo! Uma deusa! [...] O ente mais puro que existe debaixo do sol". Danada, a moça!

MULHERES BEM-DOTADAS

No começo, Henrique se refere ao valioso dote que Leôncio recebeu ao se casar com sua irmã. E depois vemos que o canalha se esforça para trazer Malvina de volta, e o dote junto. Costume mais comum entre a gente abastada, tratava-se de um valor em dinheiro que o pai da noiva dava ao noivo para contribuir com a prosperidade do casal. O marido tinha de devolvê-lo no caso de a mulher se separar dele.

ATÉ NOTÍCIA RUIM DEMORAVA

Nem e-mail, nem telefone, nem telegrama. Quem tivesse alguma notícia urgente para transmitir precisava ter paciência. Na época, a única forma de enviar mensagens era por carta, escrita geralmente com a pena de algum galináceo. Mas a verdadeira dificuldade era entregar a carta ao destinatário: com os meios de transporte pouco evoluídos, as distâncias eram maiores... Por isso, Leôncio só soube da morte do Comendador dois dias depois.

SENHOR DOS OUTROS, NÃO SENHORES DE SI

No romance de Bernardo Guimarães, o Dr. Geraldo diz a Álvaro: "O senhor tem direito absoluto de propriedade sobre o escravo, e só pode perdê-lo manumitindo-o ou alheando-o por qualquer maneira, ou por litígio provando-se liberdade, mas não por sevícias que cometa ou outro qualquer motivo análogo". Ou seja, o senhor podia usar e abusar dos escravos, porque era dono da vida deles, que nem sequer eram considerados gente. E podia castigá-los à vontade. Triste vida, triste condição.

A SENZALA SÓ TINHA UMA DELÍCIA

O "Vamos ao feijão!" que Joaquina diz a Rosa, chamando para o almoço, não é só força de expressão, figura de linguagem, metonímia. O feijão era a base da alimentação dos escravos, porque, cultivado por eles mesmos, não custava nada ao senhor. Acrescentando ingredientes que o senhor desprezava, eles criaram a saborosa feijoada, hoje uma iguaria apreciada até nas mesas mais requintadas.

OS QUE PEGAVAM MENOS NO PESADO

Miguel era feitor, André, pajem e Rosa, mucama. No tempo da escravidão, essas eram algumas das atividades numa fazenda que vemos retratadas na HQ. O feitor era o empregado encarregado de fiscalizar os escravos; o pajem, o empregado ou escravo que sempre acompanhava o senhor; a mucama, a escrava que vivia mais próximo dos senhores e só executava serviços domésticos. Dentre as funções de uma escrava, ser mucama era a mais privilegiada. Daí o ódio de Rosa por ter perdido esse posto para Isaura.

NO TEMPO DA ESCRAVA ISAURA E HOJE

Enquanto os escravos se matavam de trabalhar, os senhores viviam na mais perfeita boa vida. Na HQ sentimos, e Isaura também sente, esse contraste tão grande no baile em Recife, em que a escrava não fica nem um pouco à vontade num ambiente tão estranho a pessoas da sua classe. A escravidão felizmente acabou, mas o enorme abismo entre ricos e pobres, entre quem manda e quem obedece, parece que nunca vai ter fim.

SEGREDOS DA ADAPTAÇÃO

Para começo de conversa: quanto tempo você acha que uma adaptação como esta de *A escrava Isaura* leva para ficar pronta? Arrisque: três semanas? Um mês? Três meses?

Pois levou cerca de um ano, tempo que pode parecer exagerado, mas não é. Pense: entre leituras do clássico, elaboração do roteiro, pesquisas, esboços a lápis, desenhos a tinta, escolha e aplicação das cores... Pronto, um ano já era!

E levou *só* esse tempo porque Guazzelli e Ivan Jaf, além de artistas tarimbados na criação de HQs, trabalharam em fina sintonia. Diz Ivan: "Eu conhecia o trabalho do Guazzelli e escrevi o roteiro pensando no traço, nos espaços que ele cria em volta dos personagens (parecem mergulhados na solidão), nas expressões resolvidas em gestos contidos e no uso das cores". O desenhista devolve o elogio: "Nossa convivência foi em uma reunião presencial e não precisou de mais nada. O trabalho rolou perfeito, admirava o Ivan e esse respeito se confirmou na prática. Fui literal na adaptação do roteiro para o desenho".

Para você ter uma ideia, veja como é feito um roteiro a partir do texto clássico. E a seguir, veja também como Guazzelli desenhou as cenas.

TEXTO ORIGINAL DE BERNARDO GUIMARÃES

"A notícia de que Isaura se achava em poder de um belo e rico mancebo, que a amava loucamente, era para ele um suplício insuportável, um cancro, que lhe corroía as entranhas, e o fazia estrebuchar em ânsias de desespero, avivando-lhe cada vez mais a paixão furiosa que concebera por sua escrava. [...] Demais, ocorria-lhe frequentemente ao espírito o anexim popular – quem quer vai, quem não quer manda. – Não podia fiar-se na diligência e boa vontade de pessoas desconhecidas, que talvez não pudessem lutar vantajosamente contra a influência de Álvaro, o qual, segundo lho pintavam, era um potentado em sua terra. O ciúme e a vingança não gostam de confiar a olhos e mãos alheias a execução de seus desígnios.
– É indispensável que eu mesmo vá – pensou Leôncio." **A escrava Isaura, capítulo XVIII**

ROTEIRO DE IVAN JAF (PARA QUADROS INICIAIS DA PÁGINA 47)

```
<Quadro 1>
Noite. Lua cheia. Convés de navio. Leôncio, todo de preto, na amurada. Ar de vampiro.

<Fala solta, sem balão:>
VOCÊ?! O PRÓPRIO CARRASCO? AQUI?!
<Fala solta, sem balão:>
SOUBE DE SUA FORTUNA, SENHOR ÁLVARO. O DINHEIRO COMPRA TUDO.
<Fala solta, sem balão:>
E SOUBE TAMBÉM DA FAMA DE VELHACO DE MARTINHO.

<Quadro 2>
Dia. Leôncio desembarcando no porto do Recife.
<Fala solta, sem balão:>
ACHEI MELHOR RESOLVER O CASO PESSOALMENTE.
<Fala solta, sem balão:>
COMO DIZ O DITADO: QUEM QUER VAI, QUEM NÃO QUER MANDA.
```

ESBOÇOS E DESENHOS FINALIZADOS DE GUAZZELLI

Note as diferenças: o texto, que era uma narração no original, transformou-se em falas no roteiro. Poderíamos esperar que a cena se passasse à porta da casa onde estão Álvaro e Leôncio. Mas assim as cenas ficariam visualmente muito monótonas. Por isso, Ivan decidiu que as falas de Leôncio deveriam ser ilustradas por sua viagem de Campos dos Goytacazes a Recife. Dessa maneira, o texto teve de ser apresentado não em balões, mas em legendas, que marcam a distância entre o que se fala e o que é visto nos quadrinhos.

Perceba também que, entre os esboços e a arte-final, Guazzelli alterou substancialmente o primeiro desenho, tornando-o mais expressivo. Tudo para tornar a história ainda mais atraente aos olhos do leitor.

No entanto, nem sempre é necessário fazer grandes alterações para transmitir o conteúdo do texto original. Há situações em que o resultado final é bem parecido com o trecho do original que serviu de referência. Veja no exemplo abaixo.

TEXTO ORIGINAL DE BERNARDO GUIMARÃES

"– Bem se vê – continuou ele concluída a leitura – que os sinais combinam perfeitamente, e só um cego não verá naquela senhora a escrava do anúncio. Mas para tirar toda a dúvida, só resta examinar, se ela tem o tal sinal de queimadura acima do seio, e é coisa que desde já se pode averiguar com licença da senhora.
Dizendo isto, Martinho com impudente desembaraço se encaminhava para Isaura.
– Alto lá, vil esbirro!... – bradou Álvaro com força, e agarrando o Martinho pelo braço, o arrojou para longe de Isaura, e o teria lançado em terra, se ele não fosse esbarrar de encontro ao grupo, que cada vez mais se apertava em torno deles. – Alto lá! nem tanto desembaraço! escrava, ou não, tu não lhe deitarás as mãos imundas.
Aniquilada de dor e de vergonha, Isaura erguendo enfim o rosto, que até ali tivera sempre debruçado e escondido sobre o seio de seu pai, voltou-se para os circunstantes, e ajuntando as mãos convulsas no gesto da mais violenta agitação:
– Não é preciso que me toquem – exclamou com voz angustiada. – Meus senhores, e senhoras, perdão! cometi uma infâmia, uma indignidade imperdoável!... mas Deus me é testemunha, que uma cruel fatalidade a isso me levou. Senhores, o que esse homem diz, é verdade. Eu sou... uma escrava!..." *A escrava Isaura*, capítulo XIV

ROTEIRO DE IVAN JAF (PARA A PÁGINA 38)

```
<Quadro 1>
Martinho apontando para Isaura e em volta a "plateia" espantada.
<Martinho:>
É ELA! VAMOS VER O SINAL DE QUEIMADURA ACIMA DO PEITO!

<Quadro 2>
Álvaro dá um soco em Martinho.

<Quadro 3>
Martinho amparado pelos amigos de Álvaro.
<Álvaro:>
VOCÊ NÃO A TOCARÁ COM SUAS MÃOS IMUNDAS!

<Quadro 4>
Isaura, de frente, altiva. Miguel atrás, junto a ela.
<Isaura:>
NÃO É PRECISO QUE ME TOQUEM! O QUE ESSE HOMEM DIZ É VERDADE! SOU UMA ESCRAVA!
```

DESENHOS FINALIZADOS DE GUAZZELLI

Nesse caso, o episódio já continha muita ação e tensão, não havendo necessidade de enfatizá-las.

Quando foram convidados para fazer a adaptação de *A escrava Isaura*, Ivan e Guazzelli aceitaram de imediato a proposta, pois ambos têm uma relação bastante especial com o livro de Bernardo Guimarães. Diz Ivan: "Li esse livro quando tinha uns 14 anos, por curiosidade. Minha mãe se chamava Isaura. Quando a gente pedia coisas demais, ela dizia: 'Me chamo Isaura, mas não sou escrava'. Essa história é conhecida em boa parte do mundo, não só por causa da novela famosa, mas porque se trata na verdade de um conto de fadas, e os contos de fadas são universais". Para Guazzelli, o livro é mais que adequado a uma adaptação para HQ: "Do ponto de vista técnico, é perfeito. Tem aventura, trama, emoções em sequência. Mas sua importância básica é ser um libelo contra a infame instituição da escravidão, causa de males que nos atormentam ainda hoje, como a violência e a desigualdade social".

Esta obra foi composta nas fontes Comic Book, Minion, Soho Gothic e Soho Std, sobre papel-cuchê fosco 115 g/m², para a Editora Ática.